ALLOCUTION

PRONONCÉE

LE MARDI 7 NOVEMBRE 1893

AUX

OBSÈQUES DE M. LÉON PRÉMONT

Conseiller général de la Manche

PAR

Monseigneur GERMAIN, Evêque de Coutances

et Avranches.

AVRANCHES

IMERIE TYPOGRAPHIQUE ALFRED PERRIN, RUE DES FOSSÉS.

—

1893

ALLOCUTION PRONONCÉE LE MARDI 7 NOVEMBRE 1893

AUX

OBSÈQUES DE M. LÉON PRÉMONT

CONSEILLER GÉNÉRAL DE LA MANCHE

Par Monseigneur GERMAIN, Evèque de Coutances et Avranches.

―――――∞∞✕∞∞――――――

MESSIEURS,

Il est des hommes dont la mort n'est pas seulement un deuil de famille, mais un deuil public, une calamité pour le pays.

Devant leur cercueil, les passions se taisent, les partis désarment, se rapprochent et s'unissent dans un concert de douleur et de regrets. Leurs funérailles deviennent un triomphe.

Tel est, Messieurs, l'homme pour lequel nous prions, dans cette imposante cérémonie, et que nous allons conduire au champ du repos.

Il semble qu'avec lui s'évanouissent nos meilleurs souvenirs et nos meilleures espérances. Quel vide en effet il laisse après lui ! Qui continuera parmi nous tout le bien qu'il a fait ?

Oui, notre deuil est profond, il est universel, et pour l'exprimer comme il convient, j'éprouve, je l'avoue, un sérieux embarras.

Il me faut pourtant acquitter, au nom de cette région, une dette de reconnaissance et payer, en mon nom, le tribut d'une affection sincère et dévouée.

Votre gratitude à vous-mêmes et votre attachement suppléeront aux défauts d'une parole improvisée par trop imparfaite.

Pour vous peindre notre cher et vénéré Défunt, je voudrais vous dire brièvement ce qu'il fut comme homme, ce qu'il fut comme chrétien surtout.

I

Un homme, Messieurs, un homme dans toute l'acception du mot, c'est un être qui commande le respect et l'admiration. N'en soyez pas surpris : l'homme est le roi de la création, le chef-d'œuvre des mains de Dieu. Je parle, encore une fois, non pas de l'homme vulgaire, mais de l'homme élevé, de l'homme viril, de l'homme de vertu.

Cet homme, j'aime à consoler ma douleur en vous le montrant aujourd'hui dans M. Léon Prémont, non pas sous des couleurs oratoires, mais sous les couleurs mêmes qui ont frappé vos regards.

Un esprit clair et précis ; une volonté droite et ferme, poursuivant énergiquement son but ; un cœur, trésor de bonté, de générosité, de dévoûment ; une nature d'une grande noblesse rehaussée par une grande simplicité ; un tempérament vif et ardent, mais doué d'une sensibilité délicate, exquise ; une vie d'une dignité qui ne s'est jamais démentie. Voilà bien, si mon affection ne m'égare, les traits qui distinguèrent celui que nous pleurons.

Ils sont rares actuellement, Messieurs, ceux qui portent ce nom d'homme avec autant d'honneur. Elles sont rares les existences marquées par une telle fécondité.

Voilà pourquoi je me sens si profondément ému, à la vue de ce cercueil. C'est qu'il contient, à une époque où les hommes sont si rares, un homme dans le vrai sens du mot.

En pensant à lui, je retrouve comme instinctivement dans ma mémoire et je vois revivre sous mes yeux le portrait de l'homme tracé par l'Orateur sacré : « Je suis chrétien, disait-il ; et pourtant je m'attendris à ce nom d'honnête homme. Je me représente l'image vénérable d'un homme qui n'a pas pesé sur la terre ; dont le cœur n'a jamais conçu l'injustice et dont la main ne l'a point exécutée ; qui non seulement a respecté les biens, la vie et l'honneur de ses semblables, mais aussi leur perfection morale ; qui fut observateur de sa parole ; fidèle dans ses amitiés, sincère et ferme dans ses convictions, à l'épreuve du temps qui change et qui veut entraîner tout dans ses changements. »

Cet homme, Messieurs, le reconnaissez-vous ?

A-t-il pesé sur la terre notre cher Défunt ? S'est-il montré dédaigneux, arrogant, superbe dans la fortune ?

A-t-il traité ses semblables en despote ? S'est-il renfermé dans un froid et stéril égoïsme ? A-t-il été un fardeau pour la terre ? Quelle simplicité, quelle bienveillance dans ses rapports avec tous, grands et petits ! Quelle condescendance envers les humbles ! Quelle bonté surtout envers les pauvres ! Non, il n'a pas pesé sur la terre, lui dont le passage a été signalé par tant et de si précieux services.

Son cœur a-t-il conçu l'injustice ? Sa main l'a-t-elle exécutée ? Vous le savez aussi bien que moi. Toujours il s'est montré l'homme de la droiture et de l'honnêteté. La justice, il avait pour elle un culte et c'est à elle qu'il a consacré sa vie. Suivez-le donc, à Saint-Lo, à Valognes, à Bayeux, à Caen, dans les étapes diverses qu'il a parcourues. C'était la conscience dans toutes ses fonctions, l'intégrité dans ses décisions, l'impartialité dans ses arrêts. C'était le magistrat au-dessus de toutes les influences, qu'elles vinssent d'en bas ou qu'elles descendissent d'en haut ; c'était par excellence l'homme de l'équité.

Qu'il me soit permis, Messieurs, en face de ce cercueil, de m'arrêter un instant pour saluer, dans l'élan d'une sympathique admiration, cette race d'hommes à la fois nobles et fiers, courageux et désintéressés, plus hauts que la fortune, plus hauts que la crainte, plus hauts que la faveur et le prestige de la situation ; cette race indépendante qui ne relève que de la conscience, qui ne tient compte que du droit, de la loi, du devoir, qui comprend et réalise la parole du Livre sacré : *Justitia ante eum ambulabit, et ponet in via gressus suos.* Devant elle marche la justice ; et elle en suit religieusement les traces. Honneur à cette race, Messieurs ! Elle a été, elle est, elle sera longtemps, en nos jours de misérable égoïsme et d'orgueil pitoyable, un spectacle pour le ciel et pour la terre elle-même !

Continuons l'étude de notre portrait. La perfection morale de ses semblables, c'était la grande ambition de M. Prémont. La simple honnêteté ne lui suffisait pas. Il voulait l'élévation dans les pensées, dans les aspirations, dans les sentiments, dans la vie tout entière. Tout ce qui était bas et rampant l'humiliait et lui répugnait. Tout ce qui ressemblait seulement à l'iniquité le révoltait. Tout ce qui était vice et forfaiture l'indignait. Aussi, quand se présentait l'occasion, comme il flagellait vigoureusement et sans pitié tous ces indignes courtisans de l'opinion, tous ces vils esclaves de l'intérêt, tous ces affamés d'une popularité acquise au mépris de la conscience et de la dignité, tous ces écrivains d'une vénalité licencieuse et impie, tous ces corrupteurs en un mot qui s'arrogent la mission d'éteindre dans les âmes la flamme de la perfection ! — Comme il travaillait, par ses conseils, par ses leçons et par ses exemples de tous les jours, à relever autour de lui le niveau des caractères, le niveau des mœurs, le niveau du devoir si universellement abaissé ! Comme il aspirait pour sa part à voir refleurir et régner, au sein de notre France, la perfection morale ! C'est qu'il savait, Messieurs, que sans cette perfection il n'y a pas d'homme possible, pas de famille possible, pas de société possible.

A-t-il été, notre cher Défunt, observateur de sa parole ? Cette parole, dont on se joue trop communément, en ce temps d'égoïsme, était pour lui sacrée. Il avait en horreur la déloyauté, l'hypocrisie. Comme il marquait d'un stigmate d'infamie les hommes à double figure, à double opinion, à double cœur ! Comme il faisait, en termes convaincus, l'éloge de la franchise, de la netteté dans les convictions et dans les actes !

A-t-il été fidèle dans ses amitiés ? Ceux-là qui les connurent pourraient nous en redire la constance et les charmes. Les amitiés, il ne les multipliait pas ; il ne prodiguait pas ces banales protestations, que les lèvres débitent si chaleureusement alors que le cœur est sinon froid, du moins indifférent. Ceux qu'il aimait, il les aimait sincèrement ; il les aimait d'une affection profonde et durable. Il appréciait cet enseignement de l'Esprit saint : un ami fidèle, c'est un trésor, une force, une protection, un médicament de vie et d'immortalité.

Enfin, Messieurs, a-t-il été ferme et sincère dans ses convictions ?

La conviction, c'est un mot noble et sacré s'il en fut. Mais comme il est aujourd'hui profané ! Qu'ils sont rares les hommes fidèles à leurs convictions, les hommes que nulle menace, nulle crainte, nulle habileté ne déconcertent et que n'entraînent pas à leur gré les vents d'opinion qui passent ! C'est que les vraies et profondes convictions dénotent la vraie force morale, le courage enraciné, la grandeur d'une âme qui répète, à l'exemple du roi si chevaleresque, non pas : Tout est perdu, fors l'honneur ; mais bien : Tout périsse, fors l'honneur !

Notre cher Défunt possédait cette force. Avec le poète latin, il estimait que c'était un crime, un forfait de préférer à la conscience et aux principes les intérêts de la vie présente.

Summum crede nefas animam præferre pudori.

Savez-vous, Messieurs, pourquoi cette force chez celui que la mort vient de nous ravir ?

C'est que, pour connaître le devoir et pour l'accomplir, il regardait, non point en bas, mais en haut. En bas, en effet, qu'eût-il vu ? Au contraire, que voyait-il en haut ? En bas, les ténèbres ; en haut, la lumière. En bas, les conflits, les divisions, les luttes des partis ; en haut, la paix et l'union des cœurs. En bas, les passions ; en haut, la vertu. En bas, l'étroitesse, les visées mesquines et souvent inavouables ; en haut, les vastes horizons. En bas, l'égoïsme ; en haut, l'amour. Sa force lui venait de ce qu'il était chrétien.

II

Qu'est-ce, en effet, Messieurs, qu'un chrétien ? Le chrétien, c'est l'homme qui croit ; c'est l'homme qui pratique ; c'est l'homme qui sait souffrir. Les principes, les œuvres, le courage dans l'épreuve et dans la douleur, voilà les trois lignes caractéristiques du chrétien.

M. Prémont fut un vrai chrétien, parce que d'abord il fut un homme de foi. Dieu, pour lui, ce n'était pas seulement le Souverain Maître ; Dieu, c'était un Père. M. Prémont le savait ; et il l'invoquait en fils plein de confiance ; il le priait avec amour. — Dieu, ce n'était pas, pour notre cher Défunt, le Dieu de la nature, le Dieu des soi-disant philosophes, moins encore le Dieu des bonnes gens. C'était le Père Créateur, le Fils Rédempteur, l'Esprit Sanctificateur. C'était l'auguste et adorable Trinité. Il croyait au Ciel et à l'Enfer. Témoin ces paroles qu'il prononçait dans sa dernière maladie : « Ce n'est pas le Purgatoire que je redoute ; c'est l'Enfer qui m'effraie. » Il croyait à l'enseignement de Notre-Seigneur Jésus-Christ et de son Eglise ; il admirait dans cette Eglise la colonne et le fondement de la vérité. Ce n'était pas seulement par le baptême et par le nom qu'il était chrétien : c'était par la profondeur et la vivacité de ses convictions. Aussi regardait-il comme des empoisonneurs publics tous ceux qui, soit par leurs livres, soit par leur parole, soit par leurs exemples, travaillent à ruiner dans les âmes cette foi qui éclaire, cette foi qui console, cette foi qui fait les peuples forts, les familles heureuses, les citoyens vertueux, et qui ouvre le chemin du Ciel.

La foi, M. Prémont la manifestait par ses œuvres. De même qu'il ne rougissait pas de Dieu, de même il ne rougissait pas d'aller à l'église, de s'y agenouiller et d'y prier. Il ne rougissait pas de s'agenouiller au confessionnal et à la Table sainte. Il ne communiait pas seulement à Pâques, mais dans les fêtes solennelles, mais dans toutes les circonstances où il en sentait le besoin pour le bien de son âme et le succès des causes qui lui étaient chères.

C'est là, dans la sainte Communion, au foyer même de l'amour, qu'il puisait cette charité qui fut l'un des grands mérites de sa vie et lui valut, dans la contrée, un si complet succès d'estime et de reconnaissance.

Les pauvres furent le premier objet de sa charité. Parce qu'il était chrétien, il appréciait cette belle et forte doctrine de Bossuet : « Jésus-Christ est venu au monde pour renverser l'ordre que l'orgueil y a établi ; de là vient que sa politique est directement opposée à celle du siècle : et je remarque cette opposition principalement en trois choses. Premièrement, dans le monde, les riches ont tout l'avantage et tiennent les premiers rangs. Dans le royaume de Jésus-Christ, la prééminence appartient aux pauvres, qui sont les premiers nés de l'Eglise et ses véritables enfants. Secondement, dans le monde, les pauvres sont soumis aux riches et ne semblent nés que pour les servir ; au contraire, dans la sainte Eglise, les riches n'y sont admis qu'à condition de servir les pauvres. Troisièmement, dans le monde, les grâces et les privilèges sont pour les puissants et les riches ; les pauvres n'y ont de part que par leur appui. Au lieu que, dans l'Eglise de Jésus-Christ, les grâces et les bénédictions sont pour les pauvres, et les riches n'ont de privilège que par leur moyen (1). »

Loin de traiter les pauvres de haut et avec dédain, M. Prémont les accueillait avec une paternelle bienveillance et se mettait à leur service avec un dévoûment qui ne savait ni ne voulait se lasser. Il donnait avec une générosité inépuisable. Il donnait à tous, aux pauvres connus et aux pauvres ignorés. Il donnait sous toutes les formes. Il donnait partout autour de lui. Pauvres de ce canton, parlez à ma place et dites les détresses qu'il a secourues, les misères qu'il a soulagées, les larmes qu'il a essuyées. Dites s'il ne passait pas vraiment parmi vous en faisant le bien ! Oui, pleurez, vous avez raison : Celui qui fut ici le père des pauvres n'est plus !

Le second objet de la charité, pour M. Prémont, ce furent les temples du Seigneur. Il voyait dans ces temples l'école de respect, seule capable d'opposer une digue à ce flot dissolvant du mépris qui nous envahit de plus en plus. — Il y voyait l'école de la foi, de l'espérance, seule capable de nous guider, de nous soutenir dans cette vallée de larmes, sous les fardeaux parfois si lourds qui nous accablent. — Il y voyait le foyer de la

---

(1) Serm. pour le Dim. de la Septuagésime.

charité, seul capable de réunir les cœurs aujourd'hui si divisés, si profondément ulcérés par la discorde et par la haine. Contribuer à bâtir ces temples, c'était, à ses yeux, œuvre de religion et de patriotisme, bienfait pour le temps et pour l'éternité.

Aussi, comme aujourd'hui les pierres chantent en son honneur ! Clocher de Tessy, églises de Fourneaux, de Fervaches, de Moyon, de Troisgots, de Notre-Dame-sur-Vire, chantez sa charité ! Portez au ciel les élans d'une prière qui ouvre le cœur de Dieu et en fasse descendre sur le généreux Donateur la rosée de la miséricorde !

Le troisième objet de la charité de celui que nous avons perdu, qui ne le sait ici ? Qui ne le proclame et ne répond : L'école libre de Tessy ! Ce fut en effet sa fondation privilégiée, celle où il mit son cœur. La joie de la paternité lui avait été refusée. Il fit, de tous ces enfants déshérités de la foi chrétienne, ses enfants adoptifs. Quel puissant, quel affectueux intérêt il portait à cette école ! L'argent pour lui n'était pas tout. Les études, la discipline, la piété, la formation des caractères, il embrassait tout ; il étendait à tout sa vigilante sollicitude. C'est que, pour lui, l'école libre, c'était la gardienne de l'Evangile, la gardienne des principes et de la dignité humaine, la gardienne du respect, de l'obéissance, du dévoûment filial, la gardienne des intérêts supérieurs et sacrés de la religion et de la société.

Qu'ajouter, Messieurs, à ces louanges si méritées ? Est-il une œuvre catholique, française, diocésaine et locale, une œuvre publique ou privée, à laquelle il n'ait largement ouvert et son cœur et sa bourse ? — Avec quel sens religieux il donnait ! Dans une circonstance où il croyait avoir à se plaindre, on vient un jour lui signaler une situation précaire et difficile, sans oser pourtant solliciter un secours. Il prévient la demande par une offrande généreuse et se contente d'ajouter : C'est ainsi que se vengent les chrétiens.

Voilà, Messieurs, les œuvres de M. Prémont ; et elles ne périront pas avec lui ; car il les a léguées à un cœur et à des mains dignes de les continuer.

Bienheureux, dit le Divin Maître, ceux qui font miséricorde ; car ils l'obtiendront pour eux-mêmes !

Pour notre cher Défunt, l'oracle sacré, c'est notre ferme espoir, se réalise après sa mort. Il s'est réalisé dès cette vie.

De quelle estime en effet, de quel attachement il était entouré parmi vous ! Ne parlons point des divers mandats dont vous l'avez investi pour défendre vos intérêts temporels ! Citons seulement quelques traits qui mettent dans une lumière vive et touchante les sentiments que le vénéré Défunt savait inspirer autour de lui. Dans sa bonté pour tous, il avait autorisé la chasse sur ses propriétés et jusqu'à la porte même du château. On usait largement de la permission donnée. Et le jour, et même la nuit, les coups de feu retentissaient. Mais si ardente que soit la passion, si séduisant que soit l'appât du gain, chez tous la délicatesse de l'affection s'alarme à la pensée qu'on peut fatiguer seulement le Maître bien aimé. Le silence succède sur le champ à l'animation et au bruit.

Et quand le mal s'aggrave, quelle angoisse chez tous, riches et pauvres ! Quel attendrissant concert de supplications pour obtenir du ciel une guérison si ardemment désirée ! Une pauvre femme, que le vénéré malade ne connaissait même pas, ne recule ni devant la fatigue ni devant la distance. Elle se rend en pèlerinage jusqu'à Biville, pour demander, par l'intercession du B. Thomas, le rétablissement d'une santé si précieuse à la contrée ! Faut-il mentionner ces autres dévoûments qui ne parlent pas moins haut ?

Le vénéré malade interdit sur son cercueil toute couronne de fleurs. On respecte sa volonté ; mais on remplace la couronne par le Saint Sacrifice offert à l'intention de Celui qu'on aima dans la vie et qu'on aime si sincèrement après la mort.

M. Prémont vivait, distribuant ainsi les bienfaits à ses côtés. Tous, de concert, bénissaient son nom. Tous acclamaient en lui l'homme, le chrétien qui tire du bon trésor de son cœur les ressources intarissables qui répondent à tous les besoins. Tous comptaient qu'il serait conservé longtemps encore à leur reconnaissant et respectueux attachement.

Tels n'étaient point, Messieurs, les desseins d'une Providence qu'il faut adorer, alors même qu'elle nous frappe si douloureusement.

Depuis longtemps la souffrance avait atteint la constitution robuste en apparence de notre si regretté Défunt. Ni les voyages, ni le séjour sous des climats plus doux, ni les secours de l'art n'avaient pu détruire le mal. Il avançait lentement, mais trop sûrement, hélas ! M. Prémont dut enfin s'arrêter. Son âme, toujours maîtresse du corps qu'elle animait, vit venir la mort avec calme. Dieu du reste avait placé, près de son lit de douleur, un ange de piété, de force et de consolation. Avec quels soins délicats, au prix de quelles fatigues, avec quelle tendresse d'affection cet ange a veillé sur lui pendant des semaines ! Comme ces soins allaient au cœur du pauvre malade ! Quel vivifiant rayon de soleil ils faisaient luire au milieu même des ombres de la mort ! Car la mort approchait. Sa victime la voyait ; elle en sentait les cruelles atteintes. Mais elle était chrétienne. Aussi que fait-elle ? M. Prémont, avec des sentiments de foi bien rares à notre époque et qui demeureront pour la compagne qu'il laisse après lui comme le meilleur gage d'espérance, M. Prémont purifie plus soigneusement encore sa conscience ; il sollicite le pardon de tous ceux que, involontairement, il aurait pu blesser. A plusieurs reprises il reçoit son Dieu. Pas un murmure, malgré les plus vives souffrances ; pas une plainte ; pas un regret au sujet de cette belle propriété restaurée avec tant de goût pour des jours qu'il ne verra pas ; pas un regret pour cette fortune à laquelle tant d'autres attachent leur cœur. Je me trompe, il est un regret, un regret poignant qui remplit son âme et la rendrait inconsolable. Mais il sait qu'au Ciel ceux qui s'aiment ici-bas dans une fidélité chrétienne seront réunis un jour. Il prie, il fait prier par tous. Et quand la mort arrive, elle le prend dans la paix d'une conscience sereine. Sa mort, c'est la mort des justes, mort précieuse devant Dieu, précieuse devant les hommes.

En attendant le cimetière, son corps, entouré par la reconnaissance et l'affection, sera l'objet des plus religieux hommages. Les hommes d'alentour viendront verser devant lui leurs prières et leurs larmes ; les femmes pieuses et dévouées y réciteront leur chapelet ; et, quand l'heure sera venue de le conduire à l'église, nous pourrons contempler le grand spectacle qui se déroule à nos regards ; et, à l'issue de la funèbre cérémonie, nous pourrons redire avec la sainte Eglise : Le corps est enseveli dans la paix, mais le nom vivra longtemps dans les cœurs ; il vivra sur la terre et dans le Ciel. *Corpora ipsorum in pace sepulta sunt ; et nomen eorum vivit in generationem et generationem.*

« L'homme apprend tous les jours à mépriser la vie. » Le mot est grand, dit l'Orateur sacré, et l'accent est profond. Cependant ce n'est pas le mot véritable : il touche, il émeut, mais il abat. C'est le mot d'une faiblesse et non d'une vertu. Le mot véritable eût été celui-ci : L'homme apprend tous les jours à mépriser la mort.

C'est, Messieurs, la leçon que nous donne cette triste cérémonie. Apprenons, au pied de ce cercueil, à mépriser la mort. Et pour cela, soyons des hommes, soyons des chrétiens à notre tour. Vivons d'une vie de foi, d'une vie de charité, comme notre cher Défunt.

A son exemple, ne nous laissons pas décourager par la souffrance. Nous sommes, durant cette vie, comme Isaac portant le bois du sacrifice jusqu'au sommet de la montagne. Mais que ce sommet ne nous effraie pas. On l'a dit encore avec une raison profonde : « Ne faisons pas un tombeau de l'entrée du ciel ; ne pleurons pas comme ceux qui n'ont pas d'espérance. Ne voyons pas venir la mort par le côté sombre de notre âme ; il faut qu'elle arrive par le côté le plus lumineux et le plus serein, comme le soleil vient de l'Orient. »

N'oublions pas que pour les chrétiens, la mort n'est pas la mort, mais un changement de vie. *Vita mutatur, non tollitur.*

Mais qu'on puisse dire de nous comme de notre cher défunt : Bienheureux les morts qui meurent dans le Seigneur ! Que nos bonnes œuvres nous suivent et nous méritent la récompense promise aux fidèles serviteurs !

Et maintenant, s'il faut nous séparer de celui qui nous fut si cher, demeurons du moins avec lui, par la prière et par le cœur. Dieu qui voit des taches jusque dans ses anges, attend notre intercession. Tous, de concert, disons avec l'Eglise : *Lux æterna luceat ei, Domine, cum sanctis tuis in æternum, quia pius es !* Oui, qu'elle brille aux yeux de celui que vous nous reprenez cette lumière qui est vous, ô Dieu, la beauté, la bonté, la perfection, le bonheur suprême ! Qu'elle brille à ses yeux, non pour un temps, mais pour toujours ! *Æterna.* — Oui, soyez toujours sa lumière et sa vie, à lui qui vous a si fidèlement servi, aimé, adoré ! *Ei.* Qu'il jouisse de cette lumière dans la société de la Sainte Vierge et de tous les saints qu'il invoquait avec tant de ferveur ! *Cum sanctis tuis.*

Vous accueillerez cette prière dictée par le meilleur, le plus doux et le plus fort de tous les sentiments, l'amour, la reconnaissance. Vous entendrez ce cri que tous ensemble nous poussons vers vous, à cette heure suprême de la séparation. *Quia pius es.* C'est le cri de nos cœurs attristés, mais confiants. C'est le cri de notre foi chrétienne, de notre espérance pleine d'immortalité, de notre charité que la mort ne saurait éteindre.

Mon Dieu, donnez à notre cher Défunt le repos éternel, faites briller à ses yeux la lumière qui ne s'éteint plus ! *Requiem æternam dona ei, Domine ; et lux perpetua luceat ei !*

Avranches. — Imprimerie ALFRED PERRIN.   1096

www.ingramcontent.com/pod-product-compliance
Lightning Source LLC
Chambersburg PA
CBHW061441170626
46811CB00005B/2329